LES
UNITÉS D'ARISTOTE

AVANT LE CID DE CORNEILLE

ÉTUDE DE LITTÉRATURE COMPARÉE

PAR

H. BREITINGER

DEUXIÈME ÉDITION

GENÈVE — BALE — LYON
GEORG & Cⁱᵉ, LIBRAIRES-ÉDITEURS
PARIS: LIBRAIRIE FISCHBACHER
1895

LES
UNITÉS D'ARISTOTE

AVANT LE CID DE CORNEILLE

ÉTUDE DE LITTÉRATURE COMPARÉE

PAR

H. BREITINGER
Professeur de littératures étrangères à l'Université de Zurich.

DEUXIÈME ÉDITION

GENÈVE ET BALE
GEORG & Cᵒ, LIBRAIRES-ÉDITEURS
LYON, MÊME MAISON
1895

GENÈVE, IMPRIMERIE W. KÜNDIG & FILS.

LES UNITÉS D'ARISTOTE

————

C'est en 1674 que Boileau imprimait ces vers fameux (*Art poétique*, III, 38-46) :

> « Que le lieu de la scène y soit fixe et marqué.
> Un rimeur, sans péril, delà les Pyrénées,
> Sur la scène en un jour renferme des années :
> Là souvent le héros d'un spectacle grossier,
> Enfant au premier acte est barbon au dernier.
> Mais nous, que la raison à ses règles engage,
> Nous voulons qu'avec art l'action se ménage :
> *Qu'en un lieu, qu'en un jour, un seul fait accompli*
> *Tienne jusqu'à la fin le théâtre rempli.* »

L'Histoire de la Tragédie française par *Adolphe Ebert* (1856) et le Tableau de la Littérature française au XVIIᵐᵉ siècle avant Corneille et Descartes, par *Jacques Demogeot*, ont retracé les origines de la théorie des unités en France. On sait assez aujourd'hui que cette théorie s'est formulée entre 1629 et 1636 sous l'inspiration de Chapelain et par les ordres du cardinal-poète.

Mais quel fut le passé de cette superstition littéraire chez les Italiens, les Espagnols et les Anglais pendant le seizième siècle ?

Fatigué des merveilles de Paris et de son exposition universelle, je me retirai, en octobre 1878, dans le silence de la Bibliothèque nationale de Paris pour satisfaire une bonne fois ma curiosité touchant la question que je viens de poser, et voici les résultats de mes recherches, complétées d'ailleurs par des études ultérieures.

I

Ab Jove principium. L'Italie, berceau de la Renaissance, devait sans doute la première songer à établir une poétique de la poésie vulgaire.

En effet, le savant *Trissino*, qui le premier sut charpenter une tragédie classique (Sofonisba, écrite aux environs de 1515), se trouve être le premier qui ait doté son pays d'une théorie de l'art littéraire. Son livre, intitulé : *La Poetica, Divisioni quattro, Vicenza 1529*, fut augmenté en 1563 d'une cinquième et sixième division. C'est dans ce supplément de 1563 que se trouvent imprimés pour la première fois les chapitres sur la tragédie et la comédie. Gamba (Serie dei Testi di lingua, au numéro 1707) le dit formellement : « Dans les deux dernières divisions posthumes, il traita de l'essence même de la poésie : de l'épopée, de la tragédie et de la comédie [1]. »

Les œuvres de Trissino jouissaient au seizième siècle d'une grande autorité. Nous le savons par le témoignage de Torquato Tasso, qui dans ses Discorsi dell'arte poetica, Venetia 1587, fol. 89, parle ainsi des œuvres de notre auteur :

« Je les estime beaucoup, parce que Trissino fut le premier qui nous donnât quelques lumières sur la manière suivie des Grecs, et qui enrichit notre langue de nobles compositions [2]. »

Or, que nous dit Trissino sur les unités de la tragédie ? Les chapitres de son livre consacrés au poème dramatique ne sont guère autre chose qu'une paraphrase quelquefois littérale de la poétique d'Aristote. Qu'on en juge par le passage même qui se rapporte à l'unité du temps. Aristote y compare la tragédie à l'épopée, en disant (Poét. V, 8) : « Qu'en outre la tragédie se distingue de l'épopée par la durée de l'action, en ce que la première cherche, autant que possible, à borner son action à un seul tour de soleil, ou du moins à ne pas le dépasser de beaucoup ; quoique antérieurement la tragédie à cet égard ait joui de la même liberté que l'épopée [1]. »

Voyons maintenant la paraphrase de Trissino : « Encore dans la longueur la tragédie diffère de l'épopée, en ce que la première se termine en une seule journée, c'est-à-dire en un seul tour du soleil ou peu de plus, tandis que l'épopée n'a pas un temps limité, comme cela se faisait à l'origine même pour la tragédie et pour la comédie, *et se fait encore aujourd'hui par les poètes ignorants* [1]. »

On le voit du premier coup, les mots sou-
lignés sont un renfort ajouté par Trissino à
la remarque d'Aristote, une espèce d'inter-
polation qui veut forcer la main à l'historien
de la tragédie grecque, en le poussant dans
la voie du précepte. Voilà donc un premier
témoin en faveur de l'unité du temps. Fut-il
vraiment le plus ancien ? Si cette division
du traité de Trissino n'a pas vu le jour avant
1563, il reste à savoir si d'autres sectateurs
de la tragédie antique en Italie ne l'auraient
point devancé. C'est Daniello qui, en 1536,
publia à Venise le second livre italien portant le titre de *Poetica*, mais ce livre n'est
qu'un commentaire du Canzoniere de Pe-
trarca.

L'art poétique de *Muzio* parut à Venise en
1551 : *Rime diverse del Mutio justinopolitano.
Tre libri di Arte poetica. Tre libri di lettere
in rime sciolte, etc., in Venecia, 1551.* Dans
ce livre on ne traite guère que du style et
des formes de la langue poétique, surtout
quant au genre lyrique. Le seul passage où
Muzio parle du drame, se trouve fol. 73 :

« J'aime le style des dernières comédies
de l'Arioste. Mon ami Vergerio réussit plus

d'une fois à intéresser le spectateur pendant deux soirées au moyen d'une seule et même fable. *Cinq et cinq actes formaient les incidents de deux journées*, et le cinquième acte de la première partie, en suspendant la fable en même temps que l'impatience des spectateurs, termina la première représentation. Le public, tout préoccupé de sa jouissance, s'y retrouva le lendemain, avide des émotions d'une seconde soirée, se portant en foule vers tous les fauteuils, dans l'impatience de connaître le dénouement et de voir lever le rideau [1]. »

Muzio ajoute qu'au poète comique il est permis d'inventer toute sa matière, mais non pas au poète tragique. Peu après il passe à la rime, sans toucher davantage la question des unités.

Relevons donc le fait que Muzio, tout en se dispensant de formuler une théorie, nous fait cependant remarquer que les deux parties de la fable de Vergerio se sont astreintes à la loi de l'unité du temps.

Le livre de *Giraldi Cinthio : Discorsi intorno al comporre dei Romanzi, delle Commedie, delle Tragedie e di altre maniere di poesie, Venezia, 1554,* ainsi que la défense de sa tragédie classique, *Didone,* ne renferme rien qui ait trait aux unités[1].

En 1559, parut à Venise la première rhétorique italienne, celle de *Cavalcanti.* Je n'ai pu la consulter et je ne saurais par conséquent affirmer si elle contient des observations à notre sujet.

Enfin, dans l'année même de la publication du supplément de Trissino, c'est-à-dire en 1563, fut imprimé à Venise *La Poetica di Antonio Minturno.* A la page 71 de ce livre, on lit ce qui suit :

« Qui bien considère les œuvres des auteurs anciens les plus renommés, trouvera que la matière des pièces de théâtre se termine en un jour ou ne dépasse pas l'espace de deux jours[1]. »

Dans l'énumération des poétiques antérieures au supplément de Trissino, il ne faut point oublier deux livres écrits en latin, mais qui ont exercé sur la littérature vulgaire une influence considérable. C'est d'abord *Petri Victorii Commentarii in primum librum Aristotelis de Arte Poetarum. Florentiæ, 1560.* A la page 52 de cette édition, le savant et prolixe commentateur s'exprime ainsi sur l'unité du temps :

« C'est à bon droit que plus tard on s'avisa de limiter la durée de la tragédie et de corriger ainsi la licence des premiers temps[3].»

Le second ouvrage est l'œuvre posthume de *Jules-César Scaliger : Poetices libri septem ad Sylvium filium apud Antonium Vincentium (Lyon)*, 1561. L'économie défectueuse, le style peu développé et les vues tout à fait superficielles de ce livre trahissent assez son origine. Ce n'est, en grande partie, qu'un ramassis de notes détachées, incohérentes et trop souvent confuses, publiées telles qu'on les avait trouvées dans les papiers du défunt érudit. Qu'on en juge par ce qu'il dit de la tragédie (I, 6) :

« Dans la tragédie : rois, princes, de villes, de châteaux, de bourgs. Les commencements plutôt tranquilles, la fin terrible. Le discours grave, élégant, opposé à la diction du peuple, toutes les apparences agitées, peur, menaces, exils, trépas[4]. »

Plus bas (III, 97), en parlant de la façon dont on compose les tragédies, il s'exprime ainsi :

« La tragédie ressemble à l'épopée, mais elle diffère de celle-ci, parce que rarement elle admet des personnes de basse condition, comme seraient les messagers, les marchands, les matelots, etc. Mais dans les comédies il n'y a jamais de rois, sauf en quelques-unes. Les matières tragiques sont grandioses, terribles, ordres des rois, carnages, désespoirs, pendaisons, exils, perte des parents, parricides, incestes, incendies, batailles, aveuglements, pleurs, hurlements, lamentations, cadavres, épitaphes et chants funèbres [10]. »

Dans la Biographie générale de Hœfer-Didot, à l'article Jules-César Scaliger, je trouve cette remarque que la poétique dont je viens de traduire deux passages, a beaucoup contribué à formuler la théorie des unités. Cependant Scaliger ne répète nulle part la règle d'Aristote sur la durée de l'action tragique. Il n'en parle qu'en passant, c'est-à-dire à propos de la vraisemblance exigée par les spectateurs. Voici le passage (III, 97):

« Quant aux matières elles-mêmes, il faut les arranger selon le principe de la *vraisemblance*. Car il ne faut pas uniquement viser à l'admiration et à la terreur, ce que selon le

jugement des critiques Eschyle doit avoir
fait, mais encore faut-il leur offrir instruction
morale et plaisir. Or ce qui nous fait plaisir,
ce sont les jeux de la saillie, le propre de
la comédie, ou les choses sérieuses, pourvu
qu'elles ressemblent à la vérité. Car la plupart des hommes haïssent le mensonge.
Voilà pourquoi ces batailles et ces assauts
qui autour des murailles de Thèbes s'a-
chèvent en deux heures, ne me plaisent
jamais. Il n'est pas non plus d'un poète avisé
de faire en sorte qu'en un tour de main
quelqu'un voyage de Delphes à Athènes ou
d'Athènes à Thèbes. Ainsi dans Eschyle,
Agamemnon assassiné est aussitôt enterré,
et cela si vite que l'acteur trouve à peine le
temps de respirer. On n'approuve point non
plus qu'Hercule précipite Lichas à la mer,
car sans violer les apparences de la vérité,
cela ne saurait être. Choisissez donc un
sujet de durée fort courte, mais tâchez de
l'égayer par les détails et les épisodes.....
Si vous tirez une tragédie de la fable de
Céyx et d'Halcyone, ne commencez pas au
départ de Céyx. *Car la besogne de la scène
tragique s'achevant en six ou huit heures, il*

n'est pas vraisemblable qu'une tempête, qu'un naufrage au milieu de la mer soient choses possibles [11]. »

C'est dans ce dernier passage de Scaliger que nous trouvons pour la première fois la tentative de renchérir sur le soi-disant précepte d'Aristote et *d'identifier tout simplement la durée de l'action et celle de la représentation.*

Quelques sectateurs de Boileau, Voltaire lui-même [12] ont adopté cette idée si contraire au principe de la vraisemblance qu'elle se proposait de servir.

Voilà ce que les Italiens ont pensé sur les unités avant la publication des suppléments de Trissino. Tout le monde parle de l'unité du temps parce qu'Aristote, le parrain spirituel de toutes les poétiques composées à cette époque, avait mentionné cette unité comme une chose usuelle sur le théâtre de sa nation. On déduit de sa remarque purement historique un précepte, une loi, une règle enfin. Mais personne ne parle de *l'unité du lieu*, personne du moins ne songe encore à l'ériger en pendant de la première, à la formuler parallèlement à celle-ci. Pourquoi? Par la simple raison qu'Aristote n'en parle pas non plus.

En 1570, parut à Vienne *La Poetica d'Aristotile vulgarizzata esposta per Lodovico Castelvetro*. Gamba note ce livre comme étant devenu très rare, et je dois en effet me borner à répéter ce que Livet en a dit dans une note de son édition de l'Histoire de l'Académie française par Pellisson et d'Olivet (II, 128) : « Est-ce de Castelvetro que veut parler l'abbé d'Olivet ? Castelvetro s'était plus attaché à combattre, de parti pris et systématiquement, la poétique d'Aristote qu'à l'expliquer. Son ouvrage avait eu une grande vogue en France. »

Muratori, dans son livre *Della perfetta Poesia, Modena, 1706*, ne parle pas de l'observation des unités au XVIᵐᵉ siècle, mais bien son successeur Quadrio *(Della Storia e della Ragione d'ogni poesia, Milano, 1743, tome III, première partie, p. 178)*. Il a consacré plusieurs chapitres à l'unité du lieu. « Cette unité, dit-il, est reconnue aujourd'hui, bien qu'Aristote n'en ait point parlé. » Plus bas, à la page 182, je trouve cette observation sur l'unité du lieu au XVIᵐᵉ siècle :

« Par ces raisons, nous ne saurions approuver ni l'Arrénopia de Giraldi, ni la Progné de Domenichi, ni d'autres plus récentes qui furent par leurs auteurs composées sur le principe de la scène changeante [13]. »

Avant de quitter les Italiens, je crois devoir aller au-devant d'une critique que l'on pourrait soulever ici. Les auteurs italiens de tragédies classiques, les Rucellai, Giraldi, Muzio, Speroni, Anguillara, Cavallernio, Torelli, Aretino, Grattarolo et tutti quanti, peuvent avoir dans des préfaces, notes ou autres opuscules, touché la question des règles. Je conclus du silence absolu de Quadrio, de Tiraboschi, de Bouterweck, de Sismondi, de Ginguené et de Klein (Histoire du drame en Italie, 1867), qu'on peut appliquer à ces auteurs la remarque que Sainte-Beuve fait à l'endroit de Jodelle et de Garnier : « Les unités de temps et de lieu observées moins en vue de l'art que par un effet de l'imitation, » et celle de F. Ticknor au sujet de la pièce de Virues (Élisa Dido, 1580) : « He observes the unities, though he can hardly have comprehended what was afterwards considered as their technical meaning. »

C'est qu'il ne faut pas oublier qu'en Italie
et en France dans tout le cours du seizième
siècle, il ne pouvait y avoir de discussion
passionnée sur les règles du drame classique,
attendu que dans ces deux pays le drame
national ou romantique n'existait guère
littérairement ou du moins importait trop
peu à la société instruite pour allumer des
querelles et nourrir des rivalités, tandis
qu'au contraire en Espagne et en Angleterre,
dès 1590, le drame romantique était devenu
une puissance avec laquelle il fallait compter,
qui allait même écraser les tentatives ultérieures des classiques.

En France au contraire, ce fut la tragédie
classique qui, dans la bataille livrée autour
du Cid de Corneille, triompha du drame
romantique.

En Italie aussi la tragédie classique per-
siste, mais elle ne deviendra nationale que
par le génie d'Alfieri. Settembrini a pu ren-
fermer en quelques mots toutes ses vissici-
tudes : « Le seizième siècle en Italie fut
sceptique, par conséquent n'eut pas de
tragédie, qui est le poème des grandes pas-
sions. *La Sofonisba, la Rosmunda, l'Orbec-*

che, la *Canace* furent des exercices d'école.
De tragédie, nous n'en eûmes que le jour où,
frappés et réveillés par les douleurs de la
patrie, nous acquîmes la conscience de nous-
mêmes. Notre grand poète tragique, Alfieri,
est donc la première expression de la souf-
france nationale. En attendant, toute notre
sagesse reposait dans le sourire. Voilà pourquoi nous eûmes la comédie qui au seizième
fut sceptique, au dix-septième fantasque, plus
tard morale et honnête. »

II

Passons maintenant en Espagne. Le baron
de Schack, dans son Histoire de la Littérature dramatique en Espagne, dont le premier
volume parut en 1845, et Ticknor dans son
Histoire de la Littérature espagnole, New-
York, 1849, ont raconté la querelle des classiques et des romantiques de la Péninsule.
Ticknor, d'après les indications de Schack
qu'il ne nomme pas, donne (II, 327) une liste
de la littérature à consulter. C'est d'après ces
indications que j'ai procédé. A l'exception

2

des Rimas de Mesa (1611) et de sa tragédie de Pompée (1618), j'ai pu examiner à la Bibliothèque nationale de Paris, tous les ouvrages indiqués par Ticknor et en partie analysés par de Schack.

Le premier traducteur de drames antiques, c'est Villalobos (1515, selon Ticknor, II, 30). La première poétique de l'Espagne, c'est la *Philosophia antigua poetica del Doctor Lopez Pinciano, medico cesareo. En Madrid, 1596.* L'auteur de ce curieux in-quarto assez volumineux est natif de Valladolid (en latin Pintia, de là le surnom de Pinciano). Dans sa préface, le médecin de l'empereur croit devoir s'excuser de se livrer à des études si peu en rapport avec sa vocation. « Dieu sait, » dit-il, « que depuis bien des années je désire voir un livre sur cette matière, mis au jour par un autre pour ne pas devoir me faire moi-même cible de la critique. Mais sachant mon pays si florissant d'ailleurs dans toutes les disciplines, si pauvre et si défectueux dans cette partie, je formai le projet aventureux de lui venir en aide. Quelqu'un me dira peut-être : La poétique est trop peu importante pour que la république puisse souffrir par

son absence. A celui-là je conseille d'étudier,
et il connaîtra les avantages et la science
que cette discipline peut nous procurer. »

Mais comment un médecin peut-il perdre
son temps à écrire sur la poétique? Notre
auteur n'est pas embarrassé pour répondre :
« Ne savez-vous pas qu'Apollon lui-même
fut poète à la fois et médecin, parce que ces
deux arts sont en effet très étroitement liés
l'un à l'autre. Car si le médecin tempère et
mélange les humeurs, la poétique met un
frein aux mœurs qui en découlent. »

« Les Espagnols, » dit-il ensuite, « ne se
sont occupés jusqu'à ce jour que de la métri-
que (han tocado solamente la parte que del
metro habla). L'Aristote est la source et le
début de la poétique comme de tant d'autres
branches de savoir. »

La fin de cette intéressante préface nomme
quelques autorités plus récentes. « Sur les
commentateurs latins et italiens de mon phi-
losophe je n'ajoute que ceci : Ils sont savants,
mais incomplets comme le texte qu'ils ex-
pliquent.

« De ceux qui ont écrit des poétiques nouvelles, Horace fut très bref, obscur et peu

systématique. D'Hieronymo Vida Scaliger a dit qu'il écrivit pour des poètes déjà faits [14].

« Et moi je dis de Scaliger que ce fut un homme fort érudit, fort bon pour instruire, un poète meilleur même que tout autre, mais que, dans la question principale, savoir la fable, il s'est montré très défectueux. » C'est pourtant à Scaliger que l'auteur renvoie finalement ceux d'entre ses lecteurs qui désireraient de plus amples informations [15].

Les passages cités établissent le fait que le Pinciano est le premier qui en Espagne ait traité la poétique. Il est vrai que le poème de Cueba sur l'art poétique est peut-être plus ancien quant à la date de sa composition, mais Cueba n'accorde que peu de vers à la tragédie et ne touche point les unités.

Le livre du Pinciano contient un passage sur l'unité du temps que le baron de Schack a recueilli. L'un des interlocuteurs fait remarquer (p. 413) que la durée de l'action ne saurait dépasser trois jours. Là-dessus un autre fait valoir l'objection qu'Aristote n'accorde à l'action tragique qu'une seule journée. On lui répond que les hommes antiques marchaient plus vite et plus sûrement dans la voie de la vertu. Le délai accordé alors à l'action ne suffit plus aujourd'hui, « *et voilà pourquoi je suis de l'avis de ceux qui donnent cinq jours à la tragédie et trois à la comédie, convenant toutefois qu'une moindre durée donnera plus de valeur à la représentation, la vraisemblance étant l'essentiel dans les imitations de la poésie* [16]. »

On voit dans la conclusion du Pinciano reparaître le point de départ de Scaliger, bien que plus large dans son application.

Les efforts de l'école classique furent neutralisés par la faveur croissante du drame national qui, en Espagne comme en Angleterre, donna ses premières œuvres décisives vers 1590. *Lopé de Vega* devint alors le héros du jour. Depuis 1606, attaqué de temps à autre par la critique dédaigneuse du parti classique, il se défend à sa manière dans son poème didactique « Rimas con el nuevo arte de hacer comedias » (1609), qui se trouve dans ses œuvres choisies (obras sueltas IV). Voici la pensée fondamentale de ce poème :

« Aristote a cent mille fois raison. Nous autres poètes romantiques nous avons tous les torts. Mais que voulez-vous? C'est plus fort que nous. Et le peuple, la nation ne demande que cela.»

Lopé se moque très agréablement de ses adversaires. Ce passage nous donnera la mesure du reste : « Il est vrai que dans quelques-unes de mes œuvres j'ai travaillé selon les règles. Mais dès que je revois les monstruosités que vous savez, ces incantations et ces fantômes qui font le charme de la canaille et qui attirent nos femmelettes, me voilà revenu aussitôt à mes habitudes barbares. Ainsi quand je vais écrire une comédie, j'ai soin de mettre vos règles sous clef, je ferme à double tour, je mets Térence et Plaute à la porte de mon étude, de peur que ces messieurs ne poussent les hauts cris (car la vérité parle tout haut, même dans les livres les plus muets), et me voilà écrivant à la façon de ceux qui ne recherchent que les suffrages du peuple. Car étant donné que le peuple nous paye, c'est tout simple qu'on lui offre les balivernes qu'il nous demande. Je sais que la comédie diffère de la tragédie en ce qu'elle représente des actions vulgaires, tandis que la tragédie nous en offre de royales et d'élevées. Voyez, après cela, si dans nos pièces il y a des fautes. »

Ce que Lopé fit par moquerie, Cervantes le fit par mauvaise humeur. Les succès croissants de ses rivaux dans le drame romantique lui firent adopter dans sa critique du théâtre national (Don Quichotte, I, 48, imprimé en 1610) le point de vue du classicisme. Du moins c'est ainsi qu'on s'explique cette inconséquence entre la théorie et la pratique de ce grand poète. Le passage le plus important du chapitre, cité le voici :

« Quel plus grand disparate peut-il y avoir dans le sujet que nous traitons, que d'être dans la première scène du premier acte un enfant au maillot, et dans la seconde se présenter la barbe au menton! Quel plus grand encore que de nous peindre un vieillard valeureux et un jeune homme lâche, un laquais orateur, un page aux sages conseils, un roi journalier et une princesse torchon de cuisine? Et que dirai-je de l'observation des temps où se passent et peuvent se passer les actions représentées, si ce n'est que j'ai vu une pièce dont le premier acte commença en

Europe, le second en Asie, tandis que le troisième se termine en Afrique, et si elle se composait de quatre actes, le quatrième s'achèverait en Amérique, si bien qu'elle aurait bel et bien fait le tour des quatre parties du monde [17]. »

Ce passage paraît toucher à l'unité du lieu, cependant Cervantes, pas plus que ses prédécesseurs, ne songe à formuler cette seconde thèse, puisqu'il rapporte formellement les infractions à cette règle à l'unité du temps. Je crois devoir accentuer ce fait, parce que personne en Espagne avant 1624 n'a songé à ajouter aux deux unités d'Aristote une troisième, celle du lieu. Cela s'explique de la manière indiquée plus haut. On se bornait longtemps à jurer par les paroles du maître, de sorte que la formule du lieu reste encore à découvrir, bien qu'on l'entrevoie déjà dans les paroles de Cervantes.

Six ans après cette attaque dirigée contre les irrégularités de la scène romantique, tombe la publication des *Tablas poeticas* du savant *Cascales*. La préface explique le titre singulier de cette seconde poétique de l'Espagne. L'auteur le choisit « à l'imitation des

tables romaines contenant les lois de cette
république. »

Les données sur l'unité du temps se
trouvent à la page 174 du premier volume
de l'édition de 1779[14].

Voici en substance la théorie de Cascales
touchant la durée de l'action tragique :

« Le plus sûr ce sera dans tous les cas de
suivre les anciens et Aristote. Donnez à
votre tragédie une journée ou deux au plus.
Cependant à toute rigueur on pourrait ac-
corder une extension de l'action tragique
jusqu'à neuf jours et voici comment. Selon
certaines autorités de la poétique on peut
tirer d'une seule épopée une vingtaine de
tragédies. Or, l'épopée pouvant embrasser
par la durée de son action l'espace d'une
année, au prorata de la vingtaine, il résulte-
rait neuf jours de durée pour chacune des
vingt actions tragiques. »

J'ai appelé le livre de Cascales la seconde
poétique espagnole. Voici le passage qui me
fait penser que ce fut le successeur immé-
diat du Pinciano.

A la page 188 du second volume Cascales
cite ses prédécesseurs et ses autorités; ce

sont tous des Italiens, la plupart commentateurs d'Aristote : Minturno, Cinthio, Madio,
Riccobono, Castelvetro, Trissino, Robertello;
puis il ajoute : « Y no olvideis a nuestro
Pinciano. » Se serait-il borné à citer ce seul
Espagnol parmi tant d'étrangers, s'il y avait
eu d'autres travaux nationaux à nommer ?

Le même silence sur l'unité du lieu est
observé dans le troisième chapitre du livre
de *Figueroa : El passajero (en Barcelona
1818)* qui contient une rude attaque sur le
drame romantique. A la page 74 on trouve ce
passage laconique :

« Le sujet d'une comédie quelconque devrait être un événement de vingt-quatre
heures ou tout au plus de trois jours [1]. »

Le théâtre romantique ne s'empressa guère
de répondre aux attaques de ses adversaires
impuissants.

Ce n'est qu'en 1624 que nous trouvons à
noter une défense du parti national : le
dialogue fort habilement conduit dans les
Cigarrales de Toledo (Vergers de Tolède)
recueil de nouvelles et de comédie par le
célèbre *Tirso de Molina*. La Bibliothèque
nationale de Paris ne possède pas ce volume,

mais celle de l'Arsenal et la Mazarine en
ont chacune un exemplaire. Celui de la dernière est l'édition de Barcelone de 1631,
celui de la première une édition de Madrid
provenant de la Bibliothèque des Pères Minimes portant la date de 1630, donc une édition
que ni Brunet ni aucun autre bibliographe
ne paraît connaître. Cette édition a le même
nombre de feuillets que l'édition citée par
Salvá (Catálogo de la biblioteca de Salvá,
Valencia, 1872) et que celui-ci suppose être
l'édition de 1621, dont d'après la date des
privilèges (aprobaciones) on a depuis longtemps conjecturé l'existence, mais que personne jusqu'à présent n'a vue. L'exemplaire
de l'Arsenal contient 212 feuillets, plus quatre
feuillets de préface. Il est donc plus que probable que l'exemplaire de Salvá, qui n'a ni
titre ni préface, — lacune estimée par Salvá
à quatre feuillets au moins, — est identique
avec cette même édition de 1630, et que la
prétendue édition de 1621 n'a jamais existé.

Mais comment expliquer la date des privilèges qui, dans toutes les éditions est inva-
riablement celle de 1621 ? — Il ne reste que
la conjecture que l'impression a été, par des

circonstances quelconques, retardée de quelques années. Mais cette conjecture elle-même n'est-elle point superflue? Pourquoi donc l'existence d'une édition portant date de 1621, serait-elle en dehors de toute probabilité? M. le Dʳ Morf, professeur à l'Université de Berne, à qui je dois ces renseignements, fait valoir les raisons suivantes qui me paraissent sans réplique :

1° Le document de la « tassa » (droit prélevé par les censeurs), qui se fixait après l'impression du livre, porte dans les éditions de 1624 et de 1630 la date du 6 mars 1624. C'est donc alors que le livre fut mis en vente. S'il avait été livré à la circulation dès 1621, nous aurions nécessairement cette dernière date de la tassa.

2° La « fé de erratas » est nécessairement celle de l'*editio princeps*. Or en voici la teneur : « Este libro intitulado Cigarrales de Toledo correspondo con en original. Dado en Madrid 22. II. 1624. »

D'après cela il n'existerait que trois éditions des Cigarrales : la première de Madrid 1624, — la seconde de Madrid 1630 et la troisième de Barcelone 1631.

Voici le titre et les divisions de l'édition
conservée à l'Arsenal : « Cigarrales de Toledo. Primera parte. Compuesto por el Maestro Tirso de Molina, natural de Madrid. Con
privilegio. En Madrid par la viuda de Luis
Sanchez, Impressora del Regno. Año de
MCDXXX. A costo de Alonso Perez librero
de su magestad (en dessous, à l'encre : du
couvent des Pères Minimes de Paris). » —
Après la dédicace, tassa, privilegio, fé de
erratas, aprobaciones, un poème de Lope
de Vega, deux autres pièces de dix vers
chacune, et la préface au lecteur, viennent
les cinq Cigarrales contenant des nouvelles
et deux comédies : El vergonzoso en palacio,
et : Como han de ser amigos.

A la fin de la première comédie (Cigarral
primero) l'auteur suppose une conversation
amenée par la représentation de sa pièce.
En voici le résumé :

« Les spectateurs furent charmés de cette
représentation, mais les frelons, qui, incapables de rien produire eux-mêmes, se bor-
nent à voler et à piller les abeilles laborieu-
ses, ne purent cette fois non plus renoncer
à leur naturel, et parmi des bourdonnements

pleins de méchanceté ils enfoncèrent leurs aiguillons dans les délicieux rayons de miel préparés par le génie. L'un appela la pièce démesurément longue, l'autre la trouva indécente. Un pédant de la section historique dit que le poète méritait un châtiment, attendu que, contrairement à la teneur des annales portugaises, il avait fait un berger de don Pedro, qui cependant, sans laisser de progéniture, était resté dans une bataille contre son cousin le roi don Alonso ; qu'ensuite et en outre c'était un affront fait à l'auguste maison d'Avero que de présenter les filles du grand-duc comme des femmes perdues, faisant, au rebours de toutes les lois et convenances sociales, d'un jardin retiré et solitaire le témoin de leur dévergondage. — Comme si la liberté d'Apollon devait se soumettre à l'exactitude historique, au lieu d'élever l'édifice de la Poésie sur les soubassements de l'Histoire !

Bien que les pédants endurcis, prompts à la censure et incapables de créer, ne se rendent jamais ni ne se donnent jamais pour vaincus, il se trouva là quelqu'un qui se chargea de la défense du pauvre poète.

« Parmi les nombreuses absurdités, » continua l'un de ces censeurs, « je fus choqué surtout de voir l'insolence avec laquelle l'auteur franchit les limites salutaires assignées à la comédie par ses premiers inventeurs. Car celle-ci n'admettant tout au plus *qu'une durée de vingt-quatre heures, et demandant un lieu toujours le même* (accion cuyo principio, medio y fin acaezca a lo mas largo en veinte y quatro horas, sin movernos de un lugar), il vous a bourré (encajado) quarante-cinq jours tout au moins d'aventures amoureuses ; et encore cet espace de temps est-il trop court pour qu'une dame du grand monde et du bel air s'amourache d'un berger, en fasse son secrétaire et lui donne sa volonté à deviner par énigmes. Finalement elle ne craint pas de compromettre sa réputation par le commerce coupable avec un homme dont le blason est un sabot, dont l'apanage est une baraque et dont les vassaux se composent de chèvres et de vaches. Enfin je ne comprends pas que l'on puisse appeler comédie une pièce dans laquelle figurent des ducs et des comtes, vu que dans cette catégorie de spectacles il n'y a tout au plus d'admissible que le bourgeois, le patricien et la dame des classes moyennes. »

Le malveillant discoureur allait continuer, quand don Alejo l'interrompit en disant : « Selon moi, — car je suis de ceux qui se sont affranchis des préjugés, — les pièces qui se donnent aujourd'hui en Espagne, ont sur celles de l'antiquité un avantage considérable, bien qu'elles ne respectent point les règles. *Quand à vos vingt-quatre heures,* quel plus grand inconvénient qu'un amour commencé à la pointe du jour pour finir le soir par une fête de noce ?

Le moyen de développer dans ce court délai la jalousie, le désespoir, les retours de l'espérance, toutes les émotions et tous les incidents sans lesquels l'amour n'est qu'un vain mot ?

Ces inconvénients ne sont-ils pas de beaucoup plus importants que tous ceux qui naîtraient de ce que les spectateurs voient et entendent, sans bouger de leur place, des choses qui ont dû se passer dans un grand nombre de journées ? De même que celui qui lit une histoire de quelques pages, voit se dérouler devant lui des faits arrivés dans de longues époques et dans des endroits différents, de même la comédie peut les reproduire tous à la file ; et comme c'est fort peu probable que tous ces incidents se passent dans la même journée, elle doit feindre le temps dont elle a besoin. On a appelé la poésie une peinture vivante. Rien de plus juste. Or quoi ? On accorderait au pinceau seulement de tromper l'œil et de feindre sur une toile de deux aunes, par les effets de la perspective, les distances et le lointain, et l'on refuserait à la plume cet innocent stratagème ?

Et si vous m'objectez que, sous peine d'ingratitude et de lèse-piété, nous avons à suivre les préceptes des inventeurs du poème dramatique, je vous réponds qu'il faut sans doute les respecter pour avoir surmonté les premières difficultés, mais qu'il faut aussi perfectionner leur invention. Quoi ? Parce que le premier musicien a étudié les lois de l'harmonie et de la cadence sur les marteaux d'une enclume, nous serions à blâmer d'avoir remplacé les outils de Vulcain par nos instruments à cordes ? Le moyen de s'étonner que la comédie dépasse aujourd'hui les lois do ses ancêtres et, en suivant les analogies présentées par les autres arts et par la nature, se permette de greffer le comique sur le tragique, en mêlant agréablement ces deux genres opposés?

Du reste si en Grèce l'excellence d'Æschyle et de... (le texte donne « Enio; » l'auteur aurait-il pris le poète Ennius pour un représentant de la comédie grecque? Le baron de Schack y substitue le nom de Ménandre), — et chez les Romains celle de Sénèque et de Térence, étaient suffisantes pour établir ces lois que l'on fait sonner si haut, le classique du drame espagnol, *Lopé de Véga*, ce phénix de notre nation, les surpasse par la quantité aussi bien que par la qualité de ses œuvres, à tel point que son autorité à elle seule doit suffire pour renverser les lois des anciens. Lopé a porté notre drame à la perfection que nous lui voyons aujourd'hui. Nous n'avons point d'autre école à faire. Et nous autres qui pouvons nous vanter d'être ses élèves, nous devons nous estimer heureux de posséder un pareil maître et ne jamais nous lasser dans sa défense. Si Lopé a dit quelque part que c'est par indulgence pour le peuple

et ses goûts qu'il a enfreint les règles, il
parle ainsi par modestie seulement, pour que
la méchanceté des ignorants ne prenne pas
pour de l'arrogance la recherche de la perfection. Pour nous, ses disciples et sectateurs, c'est le réformateur de la comédie, le
fondateur d'un genre nouveau plus beau et
plus parfait que celui des anciens. »

Le sommeil a gagné les auditeurs, on en-
tend sonner trois heures à l'horloge de l'hô-
pital voisin et l'on se donne rendez-vous dans
la huitaine au verger de Narcisa, dont ce sera
le tour d'accueillir les interlocuteurs [30].

Voilà une apologie du drame romantique,
franche, spirituelle et courageuse. Ticknor
a raison de répéter, en parlant de Molina
(II, 315), la remarque du baron de Schack :

« Page 183-188 des Cigarrales de Toledo
sont une défense publiée 12 ans avant la publication du Cid de Corneille, et qui, en
grande partie, a anticipé à Madrid la notable
querelle sur les unités amenée par cette tragédie après 1636 [31]. »

On a remarqué sans doute que *Tirso de
Molina parle le premier formellement de la
troisième unité, celle du lieu. Il paraîtrait*

donc qu'entre 1618, date du Passajero de Fi-
gueroa, et 1624, date de notre apologie, la
théorie des unités en Espagne a franchi son
dernier pas.

III

Reste à examiner le dossier de l'*Angleterre*.

Dès l'enfance du drame romantique et national, c'est-à-dire avant 1580, les amis du
classicisme avaient donné l'éveil. Whetstone
dans la dédicace de sa tragédie : « Right, ex-
cellent and famous History of Promos and
Cassandra 1578, » s'exprime en ces termes :
« L'Anglais dans ses drames est ébouriffé et
débraillé. Il fonde sa pièce sur des impossi-
bilités et parcourt le monde entier en trois
heures, se marie, engendre des enfants, en
fait des hommes, les rend conquérants de
royaumes, enfin cherche les dieux au ciel et
les diables aux enfers. »

Stephen Gosson élève les mêmes plaintes
dans son pamphlet : « Plays confuted in five
actions, London 1580 » (Voyez l'introduction
d'Ulrici à l'édition nouvelle de Schlegel et

Tieck). Mais le passage de beaucoup le plus curieux, le plus complet et le plus formel sur les unités se trouve dans un livre cité partout et cependant peu lu : « *An Apology for Poetry by Sir Philip Sidney, 1595.* » — J'ai devant moi l'édition de la précieuse collection « Old Reprints by Edward Arber, » qui à bas prix met à la portée de chacun des livres devenus fort rares.

L'introduction de l'éditeur cherche à établir que la rédaction de l'Apologie de Sidney tombe entre 1581 et 1585. Eh bien, ce petit traité composé près d'un siècle avant l'Art poétique de Boileau nous donne à peu près la théorie complète de la tragédie classique. La séparation sévère des genres, la dignité soutenue du langage, les unités, la tirade, le récit, rien n'y manque. Voici la traduction en résumé. Page 63 et les suivantes de l'édition Arber, 1868 : « Nos tragédies et nos comédies, attaquées à juste titre, n'observent ni les règles de l'honnêteté, ni celles de la poésie. Faut-il en excepter Gorboduck, tragédie pleine de beaux discours et de phrases sonores, arrivant parfois à la hauteur de Sénèque, pleine aussi d'une moralité enseignée

d'une manière agréable? Pour être un mo-
dèle du genre, même cette pièce pèche trop
souvent, car elle est défectueuse soit par
rapport au lieu, soit par rapport au temps,
ces deux compagnons indispensables de
toutes les actions corporelles (*Faulty both in
place and time, the two necessary compa-
nions of all corporal actions*). Tandis que la
scène ne devrait présenter qu'un seul et
même lieu et que le temps, selon Aristote
et selon le bon sens, ne devrait excéder
l'espace d'un jour, il y a dans cette pièce
une durée de plusieurs jours et une com-
binaison de plusieurs lieux, ce qui est contraire aux lois de l'art. Or, si cela arrive
à l'auteur de Gorboduck, que peut-on atten-
dre des autres? Là vous aurez l'Asie d'un
côté, l'Afrique de l'autre, et tant de sous-
royaumes par dessus le marché, que l'acteur
en arrivant sur la scène doit toujours com-
mencer par vous dire où nous sommes, sous
peine d'être victime d'un malentendu. Voici
trois dames se promenant et cherchant des
fleurs, cela vous oblige de prendre la scène
pour un jardin. Peu après vous entendez
dans le même lieu parler d'un naufrage et

alors vous seriez fort à blâmer si vous ne
l'acceptiez pas pour un rocher. Mais voici
aussitôt après un monstre hideux dans un
tourbillon de fumée et de flammes, et les
malheureux spectateurs sont forcés de se
croire devant une caverne. Presqu'au même
moment deux armées s'élancent sur la scène,
représentées par quatre épées et quatre
boucliers ; — quel serait le spectateur assez
cruel pour ne pas se croire en face d'un
champ de bataille? Quant au temps, on est
encore plus généreux, car c'est d'usage que
deux enfants de roi tombent amoureux l'un
de l'autre. Après bien des contre-temps ma-
dame se trouve enceinte, elle met au monde
un beau garçon, qui disparaît, se fait homme,
tombe amoureux, devient père à son tour, et
tout cela en un tour de main, en deux heures
de temps!

L'absurdité de ce procédé est évidente au
simple bon sens, abstraction faite des règles
et des modèles de l'antiquité : et jusqu'à ce
jour les derniers acteurs de l'Italie ne don-
neraient jamais dans cette erreur. On cite
cependant l'exemple de l'Eunuque de Térence
comme embrassant la matière de deux jours,

ce qui est loin d'être vingt ans. D'accord,
mais la pièce se donnait en deux jours, donc
elle répondait à la règle. Je sais que Plaute
a dévié une fois, mais nous, frappons avec
lui et ne péchons point à sa suite.

Quelqu'un me dira : « Le moyen de faire
une pièce embrassant plusieurs lieux et bon
nombre de jours? » Ne sait-on pas que la
tragédie est soumise aux lois de la poésie
sans être sujette à celles de l'histoire?
Qu'elle n'est point tenue d'être exacte, qu'au
contraire elle est libre d'inventer ses matières, d'arranger ses incidents selon le besoin des convenances tragiques? En outre
pour qui connaît la différence du récit à la
représentation, il sera facile de raconter ce
qui ne saurait se jouer. Dans mon récit je
puis aller du Pérou à Calicut, bien qu'en
action je ne puisse le faire à moins de monter
le cheval de Pacolet. Ainsi faisaient les anciens qui employaient un messager pour raconter les choses passées ou les scènes loin-
taines. Enfin pour mettre en action une
histoire quelconque on ne commencera point
ab ovo : au contraire on marchera droit au
but (Exemple : le Polydore d'Euripide).

Indépendamment de leurs grossières absurdités, les drames dont je parle ne sont
ni de véritables tragédies, ni de véritables
comédies, elles mêlent et confondent les
rois et les manants; non que le sujet l'exige,
au contraire; ils y traînent le paysan par les
cheveux, lui accordent un rôle au milieu des
affaires royales en dépit de la décence et du
bon sens. Ainsi cette tragédie bâtarde n'at-
teint ni l'admiration, ni la pitié, ni le comique
de bon aloi. Je sais qu'Apulée fit quelque
chose de semblable, mais c'est dans le récit
et non pas sur la scène, je sais aussi que
les anciens offrent un ou deux exemples de
tragi - comédie, comme l'Amphitryon de
Plaute. Mais en y regardant de près nous
verrons que jamais ou du moins fort pru-
demment ils combinaient les cornemuses et
les funérailles. Cette partie comique de notre
tragédie n'est qu'une méchante farce, in-
digne d'une oreille châtiée. On pense que le
rire est la seule jouissance à laquelle on puisse
viser. C'est ainsi que la comédie, ce genre
actuellement en vogue, fait comme une fille
dévergondée douter de la réputation de son
honnête mère la Poésie [12]. »

Bien que l'*Allemagne* n'entrât que plus tard dans la ligne des grandes littératures européennes et que la question des unités ne se soit vidée dans ce pays que par les travaux critiques de Lessing, je ne puis m'empêcher de dire un mot de sa première poétique :

Martini Opitii Buch von der deutschen Poeterey. Breslau, 1624. C'est fol. 13-14 que nous lisons un court passage concernant la tragédie et la comédie :

« La tragédie quant à la majesté est conforme au poème héroïque, sauf qu'elle souffre rarement que l'on introduise des personnages d'humble condition et des choses vulgaires : c'est qu'elle ne traite que de volontés royales, meurtres, désespoirs, parricides, incendies, incestes, guerres et révoltes, plaintes, hurlements, soupirs et choses semblables. C'est Aristote qui avant tout en a fait la théorie, puis Daniel Heinsius[11] avec un peu plus de détail. »

« La comédie est humble de sujet et de personnages ; elle parle de noces, de ban-

quels, de jeux, de tromperies, des mauvais
tours de valet, de lansquenets bravaches et
matamores, d'amourettes, des légèretés du
jeune âge, de l'avarice de la vieillesse, d'en-
tremetteuses et autres choses de ce genre
qui se passent journellement parmi le bas
peuple. Voilà pourquoi ceux qui ont composé de nos jours des comédies se sont bien
trompés en y mêlant des empereurs et des
princes, puisque tout cela est diamétrale-
ment opposé aux règles de la comédie [24]. »

On a reproché au pauvre Opitz ses mé-
chantes définitions ; mais le brave homme
n'en peut mais, c'est tout simplement copié
de Jules-César Scaliger [25].

IV

Avant d'en venir à mes conclusions, j'ajou-
terai un mot sur les recherches de Sainte-
Beuve, d'Ebert et de Demogeot touchant
l'histoire des unités en France.

Le Tableau de la Poésie française au XVIme
siècle fut composé par *Sainte-Beuve* au fort
de la campagne romantique, c'est-à-dire vers

1827. La tendance de ce livre est de chercher des ancêtres à la nouvelle école. On
n'est donc point surpris que l'auteur ait peu
parlé des règles observées par l'école de
Ronsard. En effet les recherches minutieu-
ses à ce sujet, nous les devons à un autre
qui a repris le travail de Sainte-Beuve pour
l'histoire de la tragédie française.

M. Adolphe Ebert a composé son livre :
*Entwickelungsgeschichte der französischen
Tragœdie vornehmlich im XVI. Jahrhundert,
Gotha 1856*, sans préoccupations aucunes.
C'est un solide travail historique dont la mé-
thode rigoureusement scientifique a fourni
à l'auteur des résultats remarquables.

Dans les nombreuses analyses des tragédies françaises avant Corneille, M. Ebert
ne manque jamais de nous dire un mot sur
leur rapport aux unités. Je me borne à faire
le relevé de ces passages.

Ebert, page 107. La Cléopâtre de Jodelle
dans sa première scène contient une allusion
formelle à l'unité du temps :

> « Avant que ce soleil, qui vient ores de naître,
> Ayant tracé son jour chez sa tante se plonge,
> Cléopâtre mourra. »

Page 114. La Didon se sacrifiant, de Jodelle commence, pour se conformer à l'unité du temps, par les préparatifs du départ d'Énée.

Page 116. La tragédie française, conservant l'unité du temps, commence par la crise.

Gœthe dans un petit article : « Französisches Haupttheater, » fait la fine remarque : « Der Franzos will nur eine Krise » (Le Français ne demande à sa tragédie qu'une catastrophe).

Page 130. Les successeurs de Jodelle : *La Péruse, Jacques Grévin, Jacques de la Taille,* n'observent pas toujours les unités. Dans le *Darius de Jacques de la Taille* elles sont violées.

Page 151. Ronsard (préface de la *Franciade*) renvoie la tirade sentencieuse de l'épopée à la tragédie et à la comédie, disant que l'une et l'autre doivent être brèves, parce qu'elles sont limitées au court espace d'une journée.

Page 155. La première pièce de *Garnier : Porcia,* faite sur la recette de la Poétique de Scaliger, enfreint à la fois les trois unités.

Page 156. Dans le *Marc-Antoine de Gar-*

nier, l'unité du lieu est manifestement (offenbar) violée.

C'est que la règle des trois unités n'était pas encore passée à l'état de loi, mais dans la pratique du théâtre l'unité du lieu était quasi obligatoire vu la présence continuelle du chœur.

Page 167. Avantage des unités.

Page 193. Hardy, en renonçant au chœur, écarta la contrainte des unités. Mais il n'abusa guère de sa liberté. La durée dans ses tragédies dépasse rarement la limite de deux jours, si elle ne se borne pas à un seul jour. La scène aussi change ordinairement dans un espace limité, ce qui se fit dès le XVIme siècle, malgré les entraves du chœur.

Page 198. Dans la tragédie de *Théophile : Pyrame et Thisbé,* 1617, l'unité du temps est observée avec intention, tandis que le lieu change.

Page 199 et 200. Le drame pastoral chassa, de 1617 à 1629, la tragédie classique de la scène française. M. Ebert ajoute :

« Personne n'a parlé jusqu'à présent de cette solution de continuité, qui cependant explique bien des faits ultérieurs. »

La reprise de la tragédie fut amenée par le

centre littéraire qui se formait autour du
grand cardinal. Ce fut Chapelain [16], critique
savant, bien que méchant poète, qui alors
formula et proclama comme une nouveauté
les trois règles d'Aristote (Voyez d'Olivet,
Hist. de l'Acad. II, 152), ce fut encore lui
qui engagea *Mairet* à faire la *Sophonisbe*
(Segraisiana, page 144. Parfait IV, 455), que
l'on considère comme la première pièce
régulière de la scène tragique en France.
Elle vit le jour en 1629. Le titre de la pièce
prouve assez que Mairet se tourna vers les
Italiens pour y chercher ses modèles. Dès
1625, le cardinal de la Vallette lui avait
demandé une pastorale « selon les règles
des Italiens. » Mairet sur ce conseil fit *la
Silvanire*. Dans la préface de cette pièce il
dit avoir examiné ces règles et les avoir
trouvées identiques avec celles du drame
antique. Quelles furent ces autorités? Je
pense l'*Aminta du Tasse* et le *Pastor fido de
Guarini* pour la pastorale, le *Torrismondo*
du Tasse et les pièces classiques de ses
prédécesseurs pour la tragédie. Mais parlons
de Chapelain. Il est possible qu'il formulât
lui-même les trois unités, mais il est fort

probable aussi qu'il savait ce que les Espagnols avaient écrit à ce sujet, vu que l'autorité de Chapelain se basait sur son savoir et que les Italiens et les Espagnols lui étaient également familiers.

Le troisième des auteurs que j'ai cités, est M. *Jacques Demogeot*. Son Tableau de la littérature française avant Corneille est un livre fort instructif; dans les chapitres XII et XIII, qui traitent du théâtre, il a bien fait d'adopter les résultats obtenus par les patientes recherches de M. Ebert, cependant il ne fallait pas passer sous silence le nom de leur auteur. Qu'il ait connu ce travail, me semble prouvé jusqu'à l'évidence par la répétition du mot de Gœthe cité par Ebert à la page 116 et répété par Demogeot à la page 457. Cette citation étant tirée d'un article fort peu connu des œuvres de Gœthe, je ne pense pas que M. Demogeot l'ait découvert dans l'original. Du reste on n'a qu'à comparer le travail de M. Demogeot avec celui de M. Ebert pour découvrir d'autres indices moins frappants peut-être mais tout aussi convaincants. (Voyez surtout Ebert, p. 198; Demogeot, p. 444).

Arrivé à la fin de mon essai, je résume en peu de mots les faits que je crois avoir constatés. Les voici :

1° Ce sont les Italiens qui, les premiers, ont imité le drame antique et qui, les premiers aussi, se sont astreints à la loi des unités.

2° La loi de l'unité du lieu est plus jeune que celle de l'unité du temps.

3° C'est en Angleterre que la loi de l'unité du lieu paraît avoir été pour la première fois clairement formulée.

4° La querelle des classiques et des romantiques qui se déroule en Espagne entre 1590 et 1624 conduit, à la fin de cette époque, à formuler la loi de l'unité du lieu.

5° En France, aux environs de 1630, on formule pour la première fois la loi des trois unités. Par la condamnation du Cid de Corneille cette loi se constitue en dogme. Enfin après 1670 elle est rédigée par Boileau dans ces deux vers (Art poétique III, 45, 46) d'une concision justement admirée :

Qu'en un lieu, qu'en un jour, un seul fait accompli.
Tienne jusqu'à la fin le théâtre rempli [27].

REMARQUES

Rem. 1.

Gamba, Serie dei testi di lingua n° 1707 :
« Nelle due ultime divisioni che uscirono in luce postume, tratta dell' intimo della poesia, del poema narrativo, della tragedia e della commedia. »

Rem. 2.

Torquato Tasso (Discorsi dell' Arte poetica, Venetia 1587, fol. 89) sur Trissino, poète : « Ne fo molta stima, perchè egli fu il primo che ci diede alcuna luce del modo di poetare tenuto da' Greci ; et arrichi questa lingua di nobilissimi componimenti. »

Rem. 3.

Aristoteles, Poetica V, 8 :
« ἡ μὲν (scil. τραγῳδία) ὅτι μάλιστα πειρᾶται ὑπὸ μίαν περίοδον ἡλίου εἶναι ἢ μικρὸν ἐξαλλάττειν, ἡ δὲ ἐποποιία ἀόριστος τῷ χρόνῳ......, καίτοι τὸ πρῶτον ὁμοίως ἐν ταῖς τραγῳδίαις τοῦτο ἐποίουν καὶ ἐν ταῖς ἔπεσιν. »

Rem. 4.

Trissino, tutte le opere, Verona, 1729, tom. II, 05 :

« E ancora nella lunghezza (se, la tragedia e l'epopea) sono differenti, perciò cho la tragedia termina in un giorno, cioè in un periodo di solo o poco più, ma gli eroici non hanno Tempo determinato, sì come ancora da principio nelle tragedie e commedie si soleva fare, ed ancor oggi degl'indotti poeti si fa. »

Rem. 5.

Rime diverse del Mutio justinopolitano. Tre libri di arte poetica, etc. In Vinecia 1551, fol. 73 :

« A me piace lo stil del ferrarese,
In ch'egli scrisse l'ultime comedie.
Il mio Vergerio già felicemente
Con una sola favola due notti
Tenne lo spettator più volte intento,
Chiudean cinque e cinque atti gli accidenti
Di due giornate; e'l quinto ch'era in prima,
Poi ch'havea'l caso e gli animi sospesi
Chiudea la scena e ammorzava i lumi.
Il popolo infiammato dal diletto
Vi stava il giorno che venia appresso
Bramando 'l foco dei secondi torchi.
Quindi correa la calca a tutti i seggi
Vaga del fine e a pena soffriva
D'aspettar ch'altri ne levasse i veli. »

Rem. 6.

Voici l'information que je dois à l'obligeance de M. le professeur Raffaello Fornaciari à Florence :

« Ho scorso il libro del Giraldi sulle commedie e tragedie, ma nulla vi ho trovato che riguardi le tre unità ; e lo stesso esito negativo hanno avuto le mie ricerche nel discorso in difesa della Didone. »

Rem. 7.

La Poetica di Antonio Minturno.

Voici le renseignement de M. Fornaciari touchant ce livre :

« Nella Poetica di Antonio Minturno edita a Venezia il 1563 trovo un periodetto sull' unità di tempo che qui le trascrivo dalla pagina 71 :

« Chi ben mirerà nell' opera dei più pregiati autori antichi, troverà che la materia delle cose addotte in scena, in un dì si termina o non trapassa lo spazio di due giorni. »

Rem. 8.

Petri Victorii Commentarii in primum librum Aristotelis de arte poetarum. Florentiæ 1560, page 52 :

« Adjungi autem praeterea his tertium discrimen inquit, *quod est temporis longitudo,* cum, ut affirmant, tragœdia studeat quantum potest cursum suum conficere intra unum solis circuitum, aut si aliquando spatium illud temporis diurnum excedat, parvo intervallo ipsum

superet..... quod tamen discrimen docet fuisse posterio-
rum temporum, quum jam absolutior esset tragœdia :
primo enin quum adhuc illa rudis et imperfecta foret,
nullum discrimen inter ipsas (sc. epopelam et tragœdiem)
hac parte erat : eadem enim ratione in tragœdiis hoc
faciebant ut in epicis argumentis : id est non claudebant
tragœdias spatiis ullis temporis sed libras et solutas ipsas
relinquebant : *quod tamen merito postea improbatum et
correctum est.* ■

Rem. 9.

Julius Cæsar Scaliger, Poetices, I, 6 :

« In tragœdia reges, principes, ex urbibus, arcibus,
castris. Principia sedatoria : exitus horribiles. Oratio
gravis, culta, a vulgi dictione aversa, tota facies anxia,
metus, minæ, exilia, mortes. ■

Rem. 10.

Julius Cæsar Scaliger, Poetices, III, 97 :

Tragœdia quamquam Epicæ similis est, eo tamen
differt, quod raro admittit personas viliores : cujusmodi
sunt nuntii, mercatores, nautæ et ejusmodi. Contra in
comœdia nunquam reges nisi in paucis..... Res tragicæ
grandes, atroces, jussa regum, cædes, desperationes,
suspendia, exilia, orbitates, parricidia, incestus, incendia,
pugnæ, occæcaciones, fletus, ululatus, conquestiones,
funera, epitaphia, epicedia. ■

Rem. 11.

Julius Cæsar Scaliger, Poetices III, 97 :

« Res autem ipsæ ita deducendæ disponendæque sunt,
ut quamproxime accedant ad veritatem. Neque enim eo
tantum spectandum est, ut spectatores vel admirentur
vel percellantur, id quod .Eschylum factitasse ajunt cri-
tici : sed et docendi monendi et delectandi. Delectamur
autem vel jocis, quod est comœdiæ : vel rebus seriis, si
vero sint propiores. Nam mendacia maxima pars homi-
num odit. Itaque nec prælia illa, aut oppugnationes quæ
ad Thebas duabus horis conficiuntur, placent mihi. Nec
prudentis poetæ est, efficere ut Delphis Athenas, aut
Athenis Thebas, momento temporis quispiam proficisca-
tur. Sic apud .Eschylum interficitur Agamemnon, ac re-
pente tumulatur : adeoque cito, vix ut actor respirandi
tempus habeat. Neque probatur illud, si Licham in mare
jaciat Hercules. — Non enim sine veritatis flagitio
repræsentari potest. Argumentum ergo brevissimum
accipiendum est : idque maxime varium multiplexque
faciundum. Exempli gratia : Hecuba in Thracia, prohi-
bente reditum Achille, Polydorus jam interfectus est.
Cædes Polyxenæ. Exoculatio Polymestoris. Quoniam vero
mortui quidam non possunt introduci, eorum phantas-
mata, sive idola, sive spectra subveniunt : ut Polydori,
ut Darii apud .Eschylum, quod et supra dicebamus. Sic
Ceyx apud Ovidium apparet Halcyonæ. Ex qua fabula si
tragœdiam contexes, neutiquam a digressu Ceycis inci-

pito. *Quum enim scenicum negotium totum sex actore horis peragatur, haud verisimile est, et ortam tempestatem, et obrutam navem eo in maris tractu, unde terræ conspectus nullus.* »

Rem. 12.

A consulter entre autres l'*Essai sur Voltaire par David-Friedrich Strauss (1870)*, p. 65, sqq. :

« War der Zwang des Reimes, den der französische Dramatiker sich aufzulegen hat, in dem besonderen Wesen seiner Sprache begründet, so glaubte Voltaire von einem anderen beschränkenden Gesetze den Grund im allgemeinen Wesen des Dramas selbst zu erkennen. Es sind dies die bekannten drei Einheiten : der Handlung, der Zeit und des Ortes, welche die französischen Kunstrichter in der Poetik des Aristoteles zu finden meinten; während uns Deutsche Lessing gelehrt hat, dass bei den Griechen theoretisch wie praktisch nur die Einheit der Handlung als unverbrüchliches Erforderniss erscheine, die beiden andern aber nur soweit in Betracht kommen, als sie aus jener folgen, oder soweit die stetige Anwesenheit des Chors sie nöthig machte. Dagegen bleibt nun Voltaire dabei, die Wahrscheinlichkeit verlange, die *Handlung eines Dramas in die Zeit von drei Stunden, d. h. in die Zeitdauer seiner Aufführung,* und in den Umfang eines Palastes einzuschliessen, und spottet über Shakespeare, der seine Personen von einem Schiff auf hoher See mit einem Male fünfhundert Meilen weit ins Land hinein, aus einer Hütte in einen Palast, von Europa nach Asien versetze, und am liebsten eine Handlung oder mehrere Handlungen darstelle, die ein halbes Jahrhundert dauern. »

On voit ici l'influence de la poétique de Scaliger qui, sans doute en pensant aux inconvénients de son précepte, avait étendu la durée de la représentation à *sept ou huit heures*. Voy. cependant la note de la fin.

Strauss, à la page 69, fait cette remarque fort juste :

« Nachdem Voltaire einmal die einfache dramatische Handlung seiner beiden Vorgänger (Corneille et Racine) mit einer zusammengesetzteren vertauscht hatte, werden durch die Künste und Gewaltsamkeiten, deren er sich bedienen muss, um dieselbe in die kurze Zeit und den gleichen Raum einzuzwängen, jene Gesetze viel gefährlicher verletzt. »

Rem. 13.

Quadrio : Della storia e della ragione d'ogni poesia, 1743, III¹, 58 : « Giovan Giorgio Trissino fu veramente per comun sentimento il primo, il quale osservasse le regole tragiche nella sua *Sofonisba.* Dopo lui fece Giovanni Rucellai la sua *Rosmunda;* e in questo tempo, o dopo non molto, fece Alessandro de Pazzi la sua *Didone;* e dopo costoro Lodovico Martelli la sua *Tullia.*

P. 178. *Unità di luogo.* « Cette Unité est reconnue maintenant, bien qu'Aristote n'en parle point. *Pie. Jacopo Martelli,* dans son discours sur la tragédie an-

cienne et moderne, s'est attaché à démontrer qu'elle
manque dans quelques tragédies grecques. »

P. 183. « Per queste ragioni non possiamo approvare
nè l'*Arrenopia* del Giraldi, nè la *Progne* del Domenichi,
nè la *Giocasta* del Baruffaldi, nè altre del Martelli, e di
altri, che furono da loro autori composte di scena muta-
bile. » Les deux premières pièces sont de la première
moitié du XVIme, la troisième est du XVIIme siècle.

Rem. 14.

La Poétique de Vida (1527) est un poème latin en
trois chants qui, en effet, ne se meut que dans les géné-
ralités et qui est, de plus, fort ennuyeux à lire.

Rem. 15.

*Philosophia antigua poetica del doctor Lope: Pinciano,
medico cesareo. In Madrid 1596.*

Préface : « Sabe Dios ha muchos años deseo veer un
libro desta materia sacado a luz de mano de otro, por no
me poner hecho señal y blanco de las gentes : y sabe que
por veer mi patria florecida en todas las demas disciplinas
estar en esta parte tam falta y necesitada : determinó a
arriscar por la soccorer. Dirá acaso alguno : no es la
poetica de tanta sustancia que por su falta peligre la
republica. Al qual respondo que lea y sabrá la utilidad
grande y mucha dotrina que en ella se contiene.

Mas para que te canso en esta apologia, si sabes que
Apolo fué medico y poeta, por ser estas artes tan afines

que ninguna mas : que si el medico templa los humores,
la poetica enfrena las ostumbres que de los humores
nacen.

Esto del philosopho (Aristoteles), de sus comentadores
latinos y italianos no tengo que decir, sino que fueron
muy doctos, mas que fueron faltos como lo fué el texto
que comentaron. De los que escrivieron Artes de por si,
Horacio fué brevisimo, oscuro y poco ordenado : de
Iliernoymo Vida dice Scaligero que escrivió para poetas
ya hechos y consumados : y lo digo del Scaligero que
fué un doctisimo varon y, para instituir un poeta, muy
bueno y sobre todos aventajado, mas que en la materia
del' anima poetica, que es la fabula, estuvo muy falto. »

Que veut dire cette dernière remarque ? Si elle se rapporte à ce que Scaliger recommande surtout *la forme
oratoire, même au préjudice de l'invention*, elle est très
juste.

Comparez Adolph *Ebert*, Entwicklungsgeschichte der
französischen Tragödie, page 150 :

« Wie hoch Scaliger Seneca stellt, ist bekannt genug;
die berühmt gewordene Stelle (Poetices VI, 6) lautet :

Seneca quem nullo Graecorum majestate inferiorem
existimo, cultu vero ac nitore etiam Euripide majorem.
Inventiones sane illorum sunt : at majestas carminis,
sonus, spiritus ipsius.

« Man sieht aus dieser Stelle zugleich, wie wenig
Gewicht Scaliger auf die *Erfindung*, wie viel auf die
Diction legte. Es scheint fast, als wenn die klassische

franzœsische Tragœdie sich dies hätte für immer gesagt
sein lassen. »

Rem. 16.

Lopez, Philosophia antigua. Epistola nona, de la comedia, p. 414-415 :

La quinta (sc. condicion de la comedia) que toda la
accion se finja ser hecha dentro de tres dias : en todas
las quales condiciones conviene con la tragedia. Ugo dijo
aqui : Pues el philosopho no da mas que un dia de termino a la tragedia. Fadrique se sonrió y dijo : Ahora
bien, los hombres de aquellos tiempos andavan mas
listos y agudos en el camino de la virtud : y así el tiempo
que entonces bastó, agora no basta : bien me parece lo
que algunos han escrito, que la tragedia tenga cinco
dias de termino, y la comedia tres, confesando que
quanto menos el plazo fuere, serva mas de perfeccion,
como non contravenga a la veresimilitud, la qual es el
todo de la poetica imitacion, y mas de la comica que de
otra alguna. Y con esto se dé fin a nuestra comedia. Ugo
y el Pinciano dieron el plaudite, dando unas grandes y
recocijadas palmadas : ya en aquesta sazon declinava el
sol. Fadrique pidió su capa, y el Pinciano se despidió de
los compañeros con mucha alegria.

Rem. 17.

Cervantes, Don Quixote, 1610, I, 48 :

« Que mayor disparate puede ser en el sujeto que tra-
tamos, que salir un niño en mantillas en la primera es-

cena del primer acto, y en la segunda salir yo hecho
hombre barbado ? Y que mayor que pintarnos un viejo
valiente y un mozo cobarde, un lacayo retorico, un paje
consejero, un rey ganapan y una princesa fregona ? Que
diré pues de la observancia que guardan en los tiempos
en que pueden o podian suceder las acciones que representan, sino que hé visto comedias que la primera jor-
nada comenzó en Europa, la segunda en Asia, la tercera
se acabó en Africa, y aun se fuera de quatro jornadas,
la quarta acabara en America, y asi se hubiera hecho en
todas las quatro partes del mundo. »

Rem. 18.

*Cascales, Tablas poeticas, édition de 1770, I, pag.
174 sqq. :*

Pierio. No haveis dicho de quanto tiempo ha de ser
la accion tragica in quanto ha de durar su representacion.

Castalio. Digolo pues con Aristoteles. Tragœdiæ qui-
dem intra unius potissimum solis vel pauco plus minusve
periodum actio est. La accion tragica, dice (y lo mismo
entended de la comedia), es accion de un dia poco mas o
menos. Esta ley la vereis observada en los Latinos y los
Griegos asy comicos como tragicos, de tal manera que
quien mas larga accion ha tomado, ha sido de dos dias.
Siendo esto asy, no os reis de nuestras comedias, que
entre otras me acuerdo haver oydo una de San Amaro
que hizo un viaje al paraiso donde se estuvo doscientos

años y despues quando volvió a cabo de dos siglos ha-
llaba otros lugares, otras gentes, otros trages y costum-
bres; que mayor disparate que esto? Otros hay que hacen
una comedia de una coronica entera; yo la he visto de
la perdida de España y restauracion de ella.

Pierio. Bien se ve que tomando el Poeta una occasion
tan larga lleva las cosas muy atropelladas; corriendolas
al galope sin dar lugar al ingenio; pero tambien me
parece que es poco tiempo un dia y dos dias.

Castalio. No es si bien lo considerais: porque como el
tragico y el comico hacen verdadera imitacion, pues no
meten narraciones como el heroico, que habla de su per-
sona propria, sino que introducen personages que van
representando las cosas activamente como ellas se suelen
hacer, de aqui viene, que la comedia y la tragedia no
pueden abrazar accion grande, ni tienen licencia de dejar
lagunas y espacios entre el principio de la accion prima-
ria y su fin; y viendo la accion principal corta, fuera de
que puede ser imitada y representada con descanso y a
sabor del ingenio poetico, se pueden traher con facilidad
episodios para ornamento de la poesia y delectacion de
los oyentes. Quando el poeta se estendiese a una accion,
quando mucho de diez dias (aunque será exceder del
precepto de Aristoteles) pareceme que se podria sufrir.
Porque si como dicen algunos maestros de la poesia, de
una epopeia se pueden hacer y sacar veinte tragedias y
comedias; y la epopeia, quando menos, comprehende
tiempo de un año; luego haciendo la prorata del tiempo

no será mucho dar diez dias a una tragedia o a una comedia. A quien no le pareciere bien esta razon, tengase
a las crines de la ley, que mas vale errar con Aristoteles
que acertar conmigo. El tiempo que ha de durar en su
representacion una comedia o tragedia, es tres horas,
poco mas o menos : y si os parece, con esto demos fin
a la tragedia.

Pierio. Me parece y me agrada, como me pesara de
haver perdido por corto lo que al presente he ganado por
importuno.

Rem. 19.

Figueroa: El Pasajero, en Barcelona 1618, p. 74 :
« Suceso de veinte y quatro horas, o quando mucho
de tres dias, avia de ser el argumento de qualquier comedia. »

Rem. 20.

Le morceau curieux que j'ai traduit avec quelques
abréviations, ne se trouvant nulle part réimprimé en entier, je crois devoir en donner le texte original :

*Cigarrales de Toledo, Edit. Barcelona 1631, fol.
68 sqq.*

« Con la apacible suspension de la referida Comedia,
la propriedad de los recitantes, las galas de las personas,
y la diversidad de sucesos, se les hizo el tiempo tan corto
que con averse gastado cerca de tres horas, no hallaron
altra falta, si no la brevedad de su discurso. Esto en los
oyentes desapasionados y que asistian alli, mas para re-

crear el alma con el poético entretenimiento que para
censurarlo. Que los zínganos de la miel que ellos no
saben laborar y hurtan a las artificiosas abejas, no pudie-
ron dejar de hacer de las suyas y con murmuradores
susurros picar en los deleitosos panales del ingenio.
Quien dijo que era demasiadamente larga, y quien im-
propria. Delante huvo historial, que afirmó merecer
castigo el poeta, que contra la verdad de los anales por-
tugueses, avia hecho pastor al Duque de Coimbra don
Pedro : siendo así que murió en una batalla que el rey
don Alonso su sobrino le dió, sin que le quedasse hijo
sucesor ; en ofensa de la casa de Anero, y su gran
Duque, cujas hijas pintó tan desenvueltas, que contra
las leyes de su honestidad hicieron teatro de supo core-
cato (je suppose : de su poco recato) la inmunidad de su
jardin. Como si la licencia de Apolo se estrechase a la
recoleccion historica, y no pudiese fabricar, sobre cimien-
tos de personas verdaderas, arquitecturas del ingenio
fingidas. No faltaron protectores del ausente poeta que,
volviendo por su honra, concluyesen los argumentos
Zoylos (si pueden entendimientos contumaces, Narcisos
de sus mismos pareceres, y discretos mas por las cen-
suras que dan en los rabajos ajenos, que por lo que se
desvelan en los propios, convencerse). Entre los muchos
desaciertos (dijo un presumido natural de Toledo, que le
negara la filiacion de buena gana, sino fuera porque
entre tantos hijos sabios, y bien intencionados, que ilus-
tran su benigno clima, no era mucho saliesse un aborto

malicioso) el que me acaba la paciencia es ver quan
licenciosamente salió el poeta de los limites y leyes, con
que los primeros inventores de la comedia dieron inge-
nioso principio a este poema, pues siendo asi, que esto
ha de ser una accion, cuyo principio, medio y fin acaezca
a lo mas largo *en veinte y quatro horas sin movernos de
un lugar*, nos ha encajado mes y medio por lo menos
de sucesos amorosos: pues aun en este termino parece
imposible pudiese disponerse una dama ilustre, y discreta
a querer tan ciegamente a un pastor; hacerle su secre-
tario declararle por enigmas su voluntad, y ultimamente
arriesgar su fama a la arrojada determinacion de un
hombre tan humilde, que en la opinion de entrambos el
mayor blason de su linage eran unas abarcas, su solar
una cabaña, y sus vasallos un pobre chato de cabras y
bueyes. Dijo de impugnar la ignorancia de doña Serafina,
pintada en lo demas tan avisada, que enamorandose de
su mismo retrato, sin mas certidumbre de su original,
que lo que don Antonio la dijo, se dispusiese a una bajeza
indigna aun de la mas plebeja hermosura, como fué ad-
mitir a escuras a quien pudiera con la luz de una vela
dejar castigado y corrido. Fuera de que no sé yo, porque
ha de tener nombre de comedia, la que introduce sus
personas entre Duques y Condes, siendo ansi que las
que mas graves se permiten en semejantes acciones, no
passan de ciudadanos, patricios y damas de mediana
condicion. Iba a proseguir el malicioso arguyente, quando atajandole don Alejo, le respondió: Poca razon aveis

tenido, pues fuera de la obligacion en que pone la cortesia, a no decir mal el convidado de los platos que le ponen delante por malsazonados que esten, en menosprecio dél que convida. La comedia presente ha guardado las leyes de lo que agora se usa: y a mi parecer (confirmandome de los que sin pasion sienten) el lugar que merecen las que agora se representan en nuestra España, comparadas con las antiguas, les hace conocidas ventajas, aunque vayan contra el instituto primero de sus inventores. Porque si aquellos establecieron que una comedia no representase, sino la accion que moralmente puede suceder en veinte y quatro horas, quanto mayor inconveniente será, que en tan breve tiempo un galan discreto, se enamore de una dama cuerda, lo solicite, regale, y festeje; y que sin pasarse siquiera un dia, la obligue y disponga de suerte sus amores, que comenzando a pretenderla por la mañana, se case con ella a la noche? Que lugar tiene para fundar zelos, encarecer desesperaciones, consolarse con esperanzas, y pintar los demas afectos y accidentes, sin los quales el amor no es de ninguna estima! Ni como se podrá preciar un amante de firme y leal, si no pasan algunos dias, meses y aun años, en que se haga prueva de su constancia? Estos inconvenientes majores son en el juicio de qualquier mediano entendimiento que el que se sigue, de que los oyentes sin levantarse de un lugar vean y oigan cosas sucedidas en muchos dias: pues ansi como él que lee una historia en breves planas, sin pasar muchas horas, se informa de casos sucedidos en largos tiempos y *distintos lugares*, la comedia, que es una imagen y representacion de su argumento, es fuerza que quando le toma de los sucesos de dos amantes, retrate al vivo lo que les pudo acaecer, y no siendo este verisimil en un dia, tiene obligacion de fingir pasan los necesarios, para que la tal accion sea perfecta, que no en vano se llamó la poesia pintura viva, pues imitando a la muerta esté, en el breve espacio de vara y media de lienzo pintado lejos y distancias, que persuaden a la vista a lo que significan : y no es justo que se niegue la licencia que conceden al pincel, a la pluma, siendo esta tanto mas significativa que esotro. Quanto se deja mejor entender el que habla, articulando silabas en nuestro idioma que el que siendo mudo, explica por seños sus conceptos! Y si me arguis que a los primeros inventores debemos los que profesamos sus facultades, guardar sus preceptos, pena de ser tenidos por ambiciosos y poco agradecidos a la luz que nos dieron para proseguir sus habilitades, os respondo que aunque a los tales se les debe la veneracion de haber salido con la dificultad que tienen todas las cosas en sus principios, con todo esso es cierto, que añadiendo perfecciones a su invencion (cosa puesto que facil, necesaria), es fuerza que quedandose la sustancia en pié, se muden los accidentes, mejorandolos con la experiencia. Bueno seria, que porque el primero musico sacó de la consonancia de los martillos en la yunque la diferencia de los agudos y graves y la armonia musica, huviesen los que agora la profesan de andar cargados de los instrumentos de Vulcano : y mereciesen castigo en vez de alabanza, los que a la harpa fueron añadiendo cuerdas, y vituperando lo superfluo é inutil de la antiguedad, la dejaron en la perfeccion que agora vemos. Esta diferencia ay de la naturaleza a l'arte que lo que aquella desde su creacion constituyó, no se puede variar, y asi siempre el peral producirá peras, y la encina su grosero fruto, y con todo eso la diversidad del teruño y la diferente influencia del cielo y clima a que estan sujetos, las saca muchas veces de su misma especie, y casi constituye en otras diversas. Pues si hemos de dar credito a Antonio de Lebrixa en el prologo de su vocabolario, no crió Dios al principio del mundo, sino una sola especie de melones, de quien han salido tantas, y entre si tan diversas como se ve en las calabazas, pepinos y cohombros, que todos tuvieron en sus principios una misma produccion, fuera de que, ya que no en todo, pueda variar estas cosas el hortelano a lo menos en parte (mediando la industria del ingerir). De dos diversas especies compone una tercera, como se ve en el durazno que engertó en el membrillo, produce al melocoton en quien hace parentesco lo dorado y agrio de lo uno con lo dulce y encarnado de lo otro : pero en las cosas artificiales quedandose en pié lo principal que es la sustancia, cada dia varia el uso, el modo, y lo accesorio. El primer sastre que cortó de vestir a nuestros primeros padres, fué Dios (si a tan inclito artifice es bien se acomode tan humilde atributo, mas no le será indecente pues Dios es todo en todas las cosas), fuera pues razon que por esto anduviesemos agora como ellos cubiertos de pieles, y que condenasemos los trajes (dejo los profanos y lascivos, que esos de suyo lo estan, y hablo de los honestos y religiosos) porque ansi en la materia como en las formas diversas se distinguen de aquellos. Claro está que direis que no, pues si en lo artificial, cuyo ser consiste solo en la mudable imposicion de los hombres, puede el uso mudar en los trajes y oficios, hasta la sustancia y en lo natural se producen por medio de los ingertos cada dia diferentes frutos, que mucho que la comedia, a imitacion de entrambas cosas, varie las leyes de sus antepasados, y ingiera industriosamente lo tragico con lo comico, sacando una mezcla apacible destos dos encontrados poemas, y que participando de entrambos, introduzca ya personas graves como la una, y ya jocosas y ridiculas como la otra? Ademas que si el ser tan excelentes en Grecia Equilo y Enio, como entre los Latinos Seneca y Terencio, bastó para establecer las leyes tan defendidas de sus profesores, la excelencia de nuestra Española, Vega, honra de Manzanares, Julio de Castilla y fenix de nuestra nacion, les hace ser tan conocidas ventajas en entrambas materias, ansi en la quantidad como en la qualidad de sus nunca bien conocidos aunque bien envidiados, y mal mordidos estudios, que la autoridad con que se les adelanta es suficiente para derogar sus estatuos. Y aviendo él puesto la comedia en la perfeccion y

sutileza que agora tiene, basta para hacer escuela de
por si : y para que los que nos preciamos de sus dis-
cipulos nos tengamos por dichosos de tal maestro
y defendamos constantemente su dotrina contra quien
con pasion la impugnare. Que si él en muchas partes
de sus escritos dice, que el no guardar el arte an-
tiguo, lo hace por conformarse con el gusto de la plebe,
que nunca consintió el freno de las leyes y preceptos,
dice lo por su natural modestia y porque no atribuya la
malicia ignorante a arrogancia lo que es politica perfeccion : pero nosotros, lo uno por ser sus profesores, y
lo otro por las razones que tengo alegadas (fuera de
otras muchas que se quedan en la plaza de armas del
entendimiento) es justo, que dél como reformador de la
comedia nueva, y a ella como mas hermosa y entrete-
nida los estimemos, lisonjeando al tiempo, para que no
borre su memoria. Basta, dijo Don Juan, que aviendo
hallado en vos nuestra Española comedia cavallero che
defienda su opinion, aveis salido al campo, armado de
vuestro sutil ingenio, el queda por vuestro, y ninguno
osa salir contra vos, sino es el sueño, que afilando sus
armas en las horas del silencio (pues si no miente el re-
loj del hospital de afuera, son las tres) a todos nos obliga
a rendirle las de nuestros sentidos. Damos le treguas
aora, para que descansando prevengan mañana nuevos
entretenimientos.

Hicieron lo asi, quedando avisada Narcisa para la
fiesta, que en el cigarral de sa suerte de allí a ocho dias

le tocara, y despedidos los huespedes, que gustaron de volverse a la ciudad, los demas en las capaces quadras se retiraron, si diversos en pensamientos y cuidados, convenidas alomenos en recoger, puertas adentro, del alma sus pasiones. »

Rem. 21.

Ticknor, History of Spanish Literature, II, 315:

« Page 183-188 of the Cigarrales de Toledo are a defense which, it is worthy of notice, was published twelve years before the appearance of Corneille's Cid, and which therefore, to a considerable extent, anticipated in Madrid the remarkable controversy about the Unities occasioned by that tragedy in Paris after 1636. »

Rem. 22.

Sir Philip Sidney. An Apology for Poetrie 1595. By Edward Arber, 1868, page 63 sqq.

« Our tragedies and comedies (not without cause cried out against) observing rules, neither of honest civility, nor of skilful poetry, excepting Gorboduck, which notwithstanding, as it is full of stately speeches and well sounding phrases, climing to the height of Seneca his stile and as full of notable morality, which it does most delightfully teach; and so obtain the very end of poesy: yet in troth it is very defectious in the circumstances; which grieves me, because it might not remain as an exact model of all tragedies. *For it is*

faulty both in place and time, the two necessary compa-
nions of all corporal actions. For where the stage
should always represent but one place, and the uttermost
time presupposed in it, should be, both by Aristotle's
precept and common reason, but one day : there is both
many days and many places, inartificially imagined. But
if it be so in Gorboduck, how much more in all the rest ?
Where you shall have Asia of the one side, and Afric of
the other, and so many other under-kingdoms, that the
player, when he cometh in, must ever begin with telling
where he is : or else the tale will not be conceived.
Now ye shall have three ladies walk to gather flowers,
and then we must believe the stage to be a garden. By
and by we hear news of a shipwreck in the same place,
and then we are to blame if we accept it not for a rock.
Upon the back of that comes out a hideous monster with
fire and smoke, and then the miserable beholders are
bound to take it for a cave. While in the meantime two
armies fly in, represented with four swords and buck-
lers, and then what hard heart will not receive it for a
pitched field ?

Now of time they are much more liberal, for ordinary
it is that two young princes fall in love. After many
traverses, she is got with child, delivered of a fair boy,
he is lost, groweth a man, falls in love and is ready to
get another child, and all this in two hours space :
which how absurd it is in sense, even sense may ima-
gine, and art hath taught and all ancient examples.

justified : and at this day the ordinary players in Italy will not err in. Yet will some bring in an example of Eunuchus in Terence that containeth matter of two days, yet far short of twenty years. True it is and so was it to be played in two days, and so fitted to the time it set forth. And though Plautus has in one place done amiss, let us hit with im and not miss with him. But they will say, how then shall we set forth a story which containeth both many places and many times? And do they not know that a tragedy is tied to the laws of poesy and not of history? not bound to follow the story, but having liberty, either to feign a quite new matter or to frame the history to the most tragical convenience. Again many things may be told which cannot be showed, if they know the difference between reporting and representing. As for example I may speak ('hough I am here) of Peru and in speech digress from that to the description of Calicut : but in action I cannot represent it without Pacolet's horse : and so was the manner the ancients took by some Nuncius to recount things done in former times or other places. Lastly if they will represent an history, they must not begin ab ovo : but they must come to the principal point of that one action, which they will represent. By example this will be best expressed. I have a story of young Polidorus... But besides these gross absurdities, how all their plays be neither right tragedies nor right comedies : mingling kings and clowns not because the matter so carrieth it : but thrust in clowns by head and shoulders, to play a part in majestical matters, with neither decency nor discretion. So as neither the admiration and commiseration nor the right sportfulness is by their mungrel tragy-comedy obtained. I know Apulejus did somewhat so, but that is a thing recounted with space of time, not represented in one moment : and I know the ancients have one or two examples of tragy-comedies, as Plautus hath Amphitrio : But if we mark them well, we shall find, that they never or very daintily match hornpipes and funerals. So falleth it out, that having indeed no right comedy, in that comical part of our tragedy we have nothing but scurrility unworthy of any chaste ears, or some extreme show of doltishness, indeed fit to lift up a loud laughter, and nothing else, where the whole tract of a comedy should be full of delight, as the tragedy should be still maintained in a well raised admiration.

P. 67. But I have lavished too many words on this playmatter. I do it because as there are excelling parts of poesy, so is there none so much used in England, and none can be more pitifully abused. Which like an unmannerly daughter, showing a bad education, causeth her mother Poesy's honesty to be called in question. »

La dissertation de Thomas Rymer : The Tragedies of the last Age, 1678, a formulé d'après Boileau et Dryden les règles de la tragédie pour l'époque française du drame anglais.

Rem. 23.

Daniel Heinsius : De Tragœdiæ Constitutione Liber.
Editio auctior. Lugd. Batar. 1613 (la première édition
parut en 1611), page 33 :

« Sicut ergo corpus sine magnitudine pulchrum esse
non potest, ita neque actio tragœdiæ. Et ut omnis qui
pro rei natura est terminus, is habetur præstantissimus
qui est maximus, donec crescere amplius non potest : ita
ipsam crescere hactenus tragœdiæ oportet actionem donec
necessario sit terminanda. In quo duo sunt tenenda.
Primo ut unius non excedat solis ambitum. Secundo, ut
digressioni locus relinquatur et arti. »

Rem. 24.

Voici le texte allemand de *Martin Opitz :*

« Die Tragödie ist an der Majestät dem heroischen
Gedichte gemässe, ohne dass sie selten leidet, dass man
geringe Standespersonen und schlechte Sachen einführe :
weil sie nur von königlichem Willen, Todschlägen, Ver-
zweifelungen, Kinder- und Vatermördern, Brande, Blut-
schanden, Kriege und Aufruhr, Klagen, Heulen, Seufzen
und dergleichen handelt. Von derer Zugehör schreibet
vornemlich Aristoteles, und etwas weitläufiger Daniel
Heinsius, die man lesen kann.

Die Comödie besthet in schlechtem Wesen und Personen : redet von Hochzeiten, Gastgeboten, Spielen,
Betrug und Schalkheit der Knechte, ruhmrätigen Lands-

knechten, Buhlersachen, Leichtfertigkeit der Jugend,
Geize des Alters, Kupplerei und solchen Sachen, die
täglich unter gemeinen Leuten verlaufen. Haben dero-
wegen die, welche heutiges Tages Comödien geschrie-
ben, weit geirret, die Kaiser und Potentaten eingeführet,
weil solches den Regeln der Comödien schnurstracks
zuwiderläuft. »

Rem. 25.

Le texte original de Jules-César Scaliger pour l'alinéa
de la tragédie est donné à la remarque 10, celui de la
comédie, le voici : « In comœdia lusus, comissationes,
nuptiæ, repotia, servorum astus, ebrietates, senes de-
cepti, emuncti argento » (Poetices, III, 97).

Rem. 26.

Chapelain. Voyez l'histoire de l'Académie française
par Pellisson et d'Olivet, avec les notes de Livet, Paris,
1858, II, 133: « MM. de Port-Royal parlent de lui, sans
le nommer, dans la préface de leur grammaire espagnole. Note de d'Olivet. »

II, 130 : « Quelque temps auparavant (1629 ?) il avait
eu du cardinal de Richelieu une pension de pareille somme : et cela au sortir d'une conférence sur les pièces de
théâtre, où il montra en présence du cardinal, qu'on
devait indispensablement observer les trois fameuses
Unités, de temps, de lieu et d'action. Rien ne surprit
tant que cette doctrine ; elle n'était pas seulement nouvelle pour le cardinal, elle l'était pour tous les poètes

qu'il avait à ses gages. Il donna dès lors une pleine
autorité sur eux à M. Chapelain. Et quand il voulut que
le Cid fût critiqué par l'Académie, il s'en reposa princi-
palement sur lui, comme en le voit dans l'histoire de
M. Pellisson. » Texte de l'abbé d'Olivet.

Segraisiana, p. 107 : « Ce fut M. Chapelain qui fut
cause que l'on commença à observer la règle de 24 heures dans les pièces de théâtre. » Note de Livet, p. 130, II.

Rem. 27.

Plus tard, la théorie des unités fut appliquée aussi à
la peinture. *De Piles, Cours de peinture par principes*,
Paris, 1708, p. 119 (dans la dissertation où l'on examine
si la poésie est préférable à la peinture) : « Toutes deux
(la poésie et la peinture) conservent exactement l'unité
du lieu, du temps et de l'objet. »

Quant à la polémique sur les unités à consulter la littérature indiquée par Vapereau, Dictionnaire des littératures, à l'article *unités*. J'y ajoute encore :

Molière, critique de l'École des femmes, scène 7.

Diderot, dans un épisode des Bijoux indiscrets et
ailleurs. Voyez la biographie de Diderot par Rosenkranz,
Leipzig, 1866.

Manzoni, Lettre sur les unités du temps et du lieu
(1822).

En Allemagne, c'est Élias Schlegel (Œuvres, III, 292-
293) qui le premier a mis en doute l'infaillibilité des
règles. Lessing a suivi les unités dans sa pièce Samuel

Henzi et il s'en vante dans ses lettres de 1753, lettre 22 à la fin. Sa polémique contre les unités du temps et du lieu éclate sur un ton des plus incisifs dans sa dramaturgie, n° 44, 45, 46 (1767) à l'occasion de la Mérope de Voltaire.

Vers le même temps en Italie, Goldoni se raidit contre la loi de Boileau. De Sanctis : Storia della letter. italiana, II, 387 : « Goldoni faceva di cappello a Orazio e Aristotile ; rispettava per tradizione le regole ; ma dice : Non ho mai sacrificata una commedia che poteva essere buona ad un pregiudizio che la poteva render cattiva. Ciò che chiama pregiudizio, è l'unità di luogo. La sua scarsa coltura classica avea questo di buono, che tenea il suo spirito sgombro da ogni elemento che non fosse moderno e contemporaneo. »

Je reçois en ce moment le beau livre de M. Guillaume Cosack : *Materialien zu Lessing's hamburgischer Dramaturgie*, Paderborn 1876. A la page 263, l'auteur parle de la pratique du théâtre par Hédelin (l'abbé d'Aubignac, mort en 1676) : « Hédelin, » dit-il, « spricht im sechsten Kapitel (Buch II), auf fünfzehn enggedruckten Seiten von der Einheit des Ortes. Er giebt zu, das Aristoteles in seiner Poetik nicht von einer solchen Einheit spricht, meint aber, dass der griechische Philosoph seinen Zeitgenossen eben nicht *selbsterständliche* Dinge noch besonders habe sagen wollen. »

A la page 263 on lit ce détail curieux : « Nun kommt Hédelin in siebenten Kapitel auf die Einheit der Zeit zu sprechen. Der Sonnenumlauf, in der Stelle des Aristoteles, bedeutet ihm aber nicht etwa 24 Stunden, sondern nur die Zeit des wirklichen Tagseins, also etwa 8-10 Stunden (dieselbe Meinung theilten Rossy und Scaliger). Er verlangt deshalb, dass der dramatische Dichter sein Werk möglichst nahe vor der Katastrophe beginne, damit die Regel des Aristoteles mit möglichster Wahrscheinlichkeit beobachtet werde. »

Cependant, il me semble que les mots de Scaliger : « Quum enim scenicum negotium totum sex octove horis peragatur, » ne sauraient se rapporter qu'à la durée de la *représentation*. Je crois même que l'interprétation de Hédelin cherche tout simplement à concilier la remarque de Scaliger avec celle d'Aristote. En effet, voulant fixer la longueur du jour par rapport à la nuit, Hédelin serait naturellement tombé sur le nombre douze, n'eût été le « sex octove horis » de Scaliger. Je répète que la poétique de Scaliger ne relève nulle part le prétendu précepte d'Aristote touchant le tour du soleil. Il ne peut donc s'agir ici que du passage ci-dessus faussement rapporté par Hédelin à la seule durée de l'action tragique.

CHEZ LES MÊMES ÉDITEURS

Ayer, C. Grammaire comparée de la langue française.
Quatrième édition. Un fort volume gr. in-8° de 722 p.
10 —

.*. Ouvrage désigné par le ministère français de l'Instruction pour être
étudié par les candidats à l'agrégation de grammaire.

.*. Ce livre est une véritable encyclopédie, où se trouvent résumées et
traitées, le plus souvent avec bonheur, toutes les questions relatives à la
grammaire. . . . En somme, cet ouvrage est indispensable à tous ceux qui
veulent approfondir les études grammaticales.

(Albert Lemme)

Ritter, Eug. Recueil de morceaux choisis en vieux français
du IX au XIII siècle. Seconde édition, in-12.
1883 . . . . 1 60

— Poésies des XIV et XV siècles, publiées d'après le
manuscrit de la Bibliothèque de Genève. In-12.
1880 . . . .

Rossel, Virgile. Histoire littéraire de la Suisse Romande,
des origines à nos jours. 2 vol. gr. in-8°. 1891. 15 —

Ouvrage couronné par l'Académie française.

.*. Ce livre a sa place marquée dans la bibliothèque de tous ceux qui
s'intéressent de près ou de loin à la littérature de la Suisse romande.
C'est une étude consciencieuse, intéressante et élevée, témoigne d'une étude
indépendance d'esprit et d'une impartialité de jugement très rare.

Genève. — Imprimerie W. Kündig & Fils.